Text: Carlos Reviejo
Il·lustracions: Teresa Novoa
Traducció: Núria Espín i Pey

Campezo, s/n - 28022 Madrid
Tel.: 913 0091 00 - Fax: 913 009 118
Imprès a la UE

EL PERQUÈ DE LES COSES

Més de 100 preguntes i respostes

Text: Carlos Reviejo

Il·lustracions: Teresa Novoa

susaeta

Per què has escrit aquest llibre?

M'alegra molt que em facis aquesta pregunta. Si m'ho permets, t'ho explicaré amb uns quants versets.

Hi ha xicots molt preguntaires
que es passen tot el dia
preguntant i preguntant:
«Per què la neu és tan freda?»
«Per què la terra és rodona?»
«Per què la tieta és la tieta?»
I així, minut a minut,
amb molta tossuderia,
deixen a la pobra àvia
amb migranya i afonia.

Per això vaig escriure el llibre,
que és la guia dels «perquès»
per a deixar reposar una mica
la pobra àvia Rosalia.
Aquesta és la raó del llibre.
Cap altre interès no em guia.

PERQUÈS SOBRE ANIMALS

Per què els elefants tenen trompa?

Un graciós us diria que perquè els surt dels nassos. I no seria mentider del tot. Però tampoc no us hauria dit la veritat. El cert és que la trompa és una prolongació del nas. La fan servir per a beure, per a menjar i per a agafar la cua de la seva mare, també s'hi dutxen i s'hi defensen. Com veieu, és tota una meravella.

I ara, per què no encertes i t'aprens aquesta endevinalla?

Per què els camells tenen gepa?

Quan anem d'excursió portem la motxilla plena de provisions. Les gepes dels camells fan de motxilla. Són dipòsits de greix que, en cas de necessitat, els serveixen per a subsistir durant llargs períodes sense menjar ni beure. Quan això passa, les seves gepes disminueixen de volum, fins a desaparèixer gairebé.

Perquè tenia una gepa,
es queixava un dromedari.
Un camell que el va sentir,
li va dir molt caparrut:
«Calla i no et queixis més,
que jo sóc més geperut».

Per què canten els ocells?

Els humans disposem del llenguatge per a comunicar-nos i manifestar el nostre estat d'ànim.

Així, els ocells canten per a demostrar l'alegria, la por, la necessitat de companyia o per a defensar el seu territori.

Jo tinc un amic que canta per molestar. Ho fa tan malament que quan canta es posa uns taps a les orelles per a no sentir-se.

Per què canten els galls?

Quan despunta el dia, el galliner s'il·lumina, el gall obre els ulls i sent unes irresistibles ganes de cridar. I fa un sonor quiquiriquiiií! Ell no pensa que el cant molesta en Nino, que és un dormilega, ni en Pere, el forner, que ha passat la nit treballant, ni la Marcel·lina, a qui el nen no ha deixat ni agafar el son.

Canta perquè el seu instint li diu que ho ha de fer. La seva missió és despertar les gallines i cridar: «Amunt mandroses, que comença el dia i heu de pondre ous!».

Per què quan els galls canten tanquen els ulls?

Si has observat bé un gall, deus haver deduït que és molt presumit. Només cal fixar-se en les seves passes de fatxenda, la seva baladroneria, els esperons, la cua i la cresta.

Però el pitjor del gall és que es creu ser un cantant d'òpera. Un Plácido Domingo o un Pavarotti. Quan s'escolta, i per a sentir-se millor, tanca els ulls. «Quiquiriquiií!» —diu, això equival a dir: «sóc el millor!»

És clar que potser estem fent judicis temeraris, i ho fa perquè en cantar ha de fer un gran esforç i no té més remei que tancar els ulls. Vés a saber!...

Per què ploren els cocodrils?

S'ha de reconèixer que els cocodrils són uns pillets i uns bons actors que mereixen l'Òscar a la interpretació. Per tal d'atraure les seves víctimes, emeten uns sons semblants al plor d'un nadó. Els animals innocents i tafaners que van a veure què passa, normalment acaben a la panxa de l'astut cocodril.

Aquest fals plor ha fet que d'algú que plora sense cap sentiment, en diguem que ho fa amb «llàgrimes de cocodril».

Per què les tortugues no surten de la seva closca?

Ni el llarg coll de les girafes, ni les banyes del toro no són capricis de la natura. Tampoc no ho són les closques de les tortugues. Per a elles, la closca és com l'armilla antibales o com les armadures que utilitzaven els guerrers en l'antiguitat. El cos de les tortugues és dèbil i a més està mancat d'altres elements per a defensar-se dels enemics. Si abandonessin la seva closca, quedarien desprotegides.

Per què brillen els ulls dels gats a la nit?

De vegades, a la nit, veiem dos punts lluminosos que es belluguen. No és un fantasma, són els ulls d'un gat. A les fosques, l'iris del gat s'obre del tot. Contràriament, exposat a la llum, queda reduït a una ranura.

Situada darrere la retina, una capa de cèl.lules refulgents, el «tapetum lucidum» dóna una lluentor metàl·lica de color verdós als ulls del gat.

Amb el caminar elegant
es passeja aquest felí
que és el rei de les teulades
i a qui anomenem «moixí».

Per què els gats sempre cauen drets?

Efectivament. Caiguin com caiguin i sigui de l'alçada que sigui, els gats sempre cauen a terra de quatre potes. Això és perquè són molt àgils i en caure es regiren, i adopten una postura en què el centre de gravetat queda entre les quatre potes. D'aquesta manera sempre cauen de la mateixa postura i no es fan mal quan aterren.

Per què alguns animals es passen l'hivern dormint?

Hi ha animals, com els rèptils, que tenen la temperatura de la sang variable. Si la temperatura exterior baixa, la de la seva sang també, i no poden realitzar les funcions vitals. Per a poder sobreviure s'endormisquen.

Altres, com l'ós o el liró, malgrat ser animals de sang calenta, s'endormisquen per a estalviar energies, ja que a l'hivern no troben aliment. Així, endormiscats, viuen fins que arriba la primavera.

Ara ja ho sabeu:

Ni el bon liró
no és dormilega,
ni l'amic ós
no és mandrós.

Per què el colom és el símbol de la pau?

L'elecció del colom com a emblema de la pau és molt antiga. La Bíblia explica que quan va acabar el Diluvi Universal, en Noè va enviar un colom per a comprovar si existien terres sense inundar. Va passar un temps i el colom va tornar amb una branca d'olivera al bec. Allò era el senyal que la tranquil·litat havia tornat a la terra.

I ara aprèn aquesta endevinalla:

Amb una branca d'olivera
en Noè la féu popular.
Després la pintà en Picasso
i ja la va fer immortal.

Per què parlen els lloros?

El cert és que els lloros, les garses i altres aus de qui en diem parladores, no parlen. Parlar és expressar pensaments i això els animals no poden fer-ho. El que succeeix és que els lloros tenen les cordes vocals especialment constituïdes, i això els permet emetre sons i imitar el que els humans diem.

Hi ha persones, com el lloro,
que parlen sense descansar,
i no saben el que diuen
perquè ho fan sense pensar.

Per què algunes serps són verinoses?

La natura ha donat armes de defensa a molts animals. D'elles depèn la seva vida. Els toros tenen banyes, el cargol una closca, el tigre unes urpes esmolades i uns ullals imponents... Algunes serps tenen unes glàndules carregades de verí que injecten a les seves víctimes o als seus atacants, mitjançant els seus ullals.

En el fons no són tan dolentes com diuen:

La senyora Cascavell
és una serp assenyada.
Compte! si et clava els ullals
el cos t'enverinarà.
I perquè no t'hi acostis
el cascavell fa sonar.

Per què les aranyes teixeixen les teranyines?

Són una trampa. Les fan per a caçar els animals que seran el seu aliment. Fabriquen la tela amb una substància que elaboren a l'abdomen i que en contacte amb l'aire es converteix en fils. Quan algun insecte toqui la teranyina, hi quedarà atrapat i l'aranya se'l cruspirà.

Fila que fila,
la filadora,
prop la teranyina
vigila a tota hora
si algun despistat
hi queda enganxat.

Per què piquen les mosques?

Les mosques i els seus parents són xucladors. Estan dotats d'una espècie de trompa amb la qual succionen els aliments. Quan són a la nostra pell, la succió ens produeix una picor molesta.

Els mosquits són els *dràcules* d'aquesta família d'insectes, perforen la pell per a xuclarnos la sang. Contra aquestes bestioles, els alls no funcionen. A les farmàcies venen uns productes, l'olor dels quals els espanta.

Per què les gallines ponen ous?

Què va ser abans, l'ou o la gallina? Mentre ho vas rumiant intentaré respondre't.

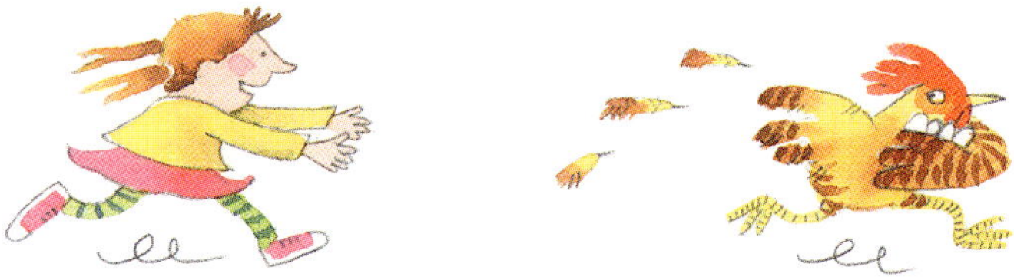

Hi ha animals —entre ells les gallines— que són ovípars, es reprodueixen a través d'ous. Expulsen a l'exterior l'òvul recobert d'una closca que el protegeix. Si l'òvul està fecundat, la gallina el cova durant vint-i-un dies i el pollet surt en trencar la closca protectora.

Ja has resolt la pregunta que t'he plantejat? Si ho has fet, escriu al Ministeri d'Afers Enigmàtics i t'enviaran un preciós diploma. Ja veuràs com decora la teva habitació!

Per què els gats empaiten els ratolins?

Per què corres adelerat quan et diuen que el pare ha portat un pastís? Perquè t'agrada. Doncs bé, l'aliment preferit dels gats és el ratolí. Per això no ens ha d'estranyar que sempre hi corrin al darrere.

Però no et pensis que el gat només persegueix ratolins, també ho fa amb els ocells i amb alguns insectes. Fins i tot va al darrere d'un cabdell o d'una pilota. L'instint l'impulsa a fer-ho.

Per cert, saps qui són els pitjors enemics d'un ratolí?
Els forats del formatge!

Per què als pingüins se'ls anomena «beneitons»?

Només hem d'observar-los per a donar una resposta a aquesta pregunta. Jo no tinc res contra aquests animals, però heu de reconèixer que a ningú no se li acut anar vestit amb frac cada dia. Fins i tot s'hi banyen! I la seva manera de caminar? La veritat és que no semblen gaire intel.ligents. I és que en el món animal es veu cada cosa...

Per més que m'ho pregunto
no endevino
per què hi ha animals
tan fins,
posem per exemple
els pingüins,
i d'altres, com els porcs,
tan garrins.

Per què diuen que els gats tenen set vides?

Hi ha animals tan delicats que una bufada d'aire ja els fa mal. Ben al contrari, altres com el camell, per exemple, són forts i ho aguanten tot. Aquest també és el cas dels gats.

I si et vols convèncer, escolta això:

Una vegada hi havia un gat
assegut dalt d'un teulat,
quan sense saber per què
va caure de dalt a baix.
Després d'haver caigut
des de dalt de la teulada
i trencar-se set costelles,
la cua i l'espinada,
mort el porten a enterrar
malaguanyat el gat.
En passar la comitiva
per la parada del peix
allà al carrer del mercat,
amb l'olor de les sardines
el gat ha ressucitat.
Per això tothom va dient
que set vides té un gat.

Per què ens vestim amb la pell d'alguns animals?

Doncs perquè som uns presumits, ve-t'ho aquí!

A la prehistòria, les persones necessitaven protegir-se del fred. I com que no coneixien els teixits, havien de cobrir els seus cossos amb les pells dels animals que a més els servien d'aliment. Però avui ja no és necessari. Existeixen molts tipus de fibres i pells artificials que substitueixen les naturals.

Per què es barallen tant el gat i el gos?

L'instint fa que aquestes dues espècies d'animals no s'avinguin. El gos i el gat van ser dels primers animals domèstics, potser la seva proximitat i dependència de l'home hagi contribuït a la rivalitat entre ells, i que es disputin l'atenció i les manyagues dels seus amos.

Sembla ser que una vegada van intentar signar la pau i es van reunir en el Primer Congrés de Gossos i Gats.

—Bup! bup! —van dir els gossos.

—Mèu! mèu! —van contestar els gats.

I és clar, com que no es van entendre, es van tornar a barallar.

Per què volen els ocells?

La capacitat de vol de les aus és deguda a les ales, al gran desenvolupament dels músculs pectorals que els permet moure les ales amb força, i al poc pes del seu esquelet.

Quan els ocells baten les ales, creen un buit que s'omple d'aire, que els impulsa cap amunt. Després, en ple vol, aprofiten els corrents d'aire, això els permet estalviar energia.

Si ho llegeixes del dret,
és animal que vola alt.
Si ho llegeixes del revés,
última i primera vocal.

Per què les aus s'aturen en els cables i no s'enrampen?

Això mateix em preguntava jo diumenge al matí en sentir els refilets de les orenetes que eren als cables de la llum. La meva curiositat em va portar a preguntar-ho a un lampista amic meu. « Per a enrampar-se haurien de tocar dos cables alhora, així es tancaria el «circuit elèctric» i passaria el corrent». —va explicar-me el meu amic.

Alegrem-nos que no els passi res, als ocellets, però, si us plau, que la companyia elèctrica retiri els cables que passen prop de les finestres, perquè, ja està bé, no ens deixen aclucar l'ull!

Per què els peixos no s'ofeguen?

Al contrari que nosaltres, els peixos no s'ofeguen dins l'aigua, però sí a fora. Per què? Els peixos respiren oxigen com la resta d'éssers vius, però no ho fan mitjançant els pulmons. Tenen uns òrgans, les brànquies, capaços de captar l'oxigen de l'aigua a través d'un complex sistema.

Els peixos, a més de ser comestibles, són molt utilitzats en frases fetes i dites populars: «Estic peix», «Un peix que es mossega la cua», «El peix gros es menja el xic», etc.

Per cert, saps què és una cosa platejada que s'anomena «dorada»?

Per què la rata no és la femella del ratolí?

És cert que els humans venim dels primats. Però a cap humà no se li acut aparellar-se amb un simi.

Passa el mateix amb el ratolí i la rata. Encara que pertanyen a l'ordre dels rosegadors, són d'espècies diferents. Hi ha rates mascles i rates femelles. Igualment, hi ha ratolins mascles i ratolins femelles.

Per exemple, això no li passaria mai a una rata:

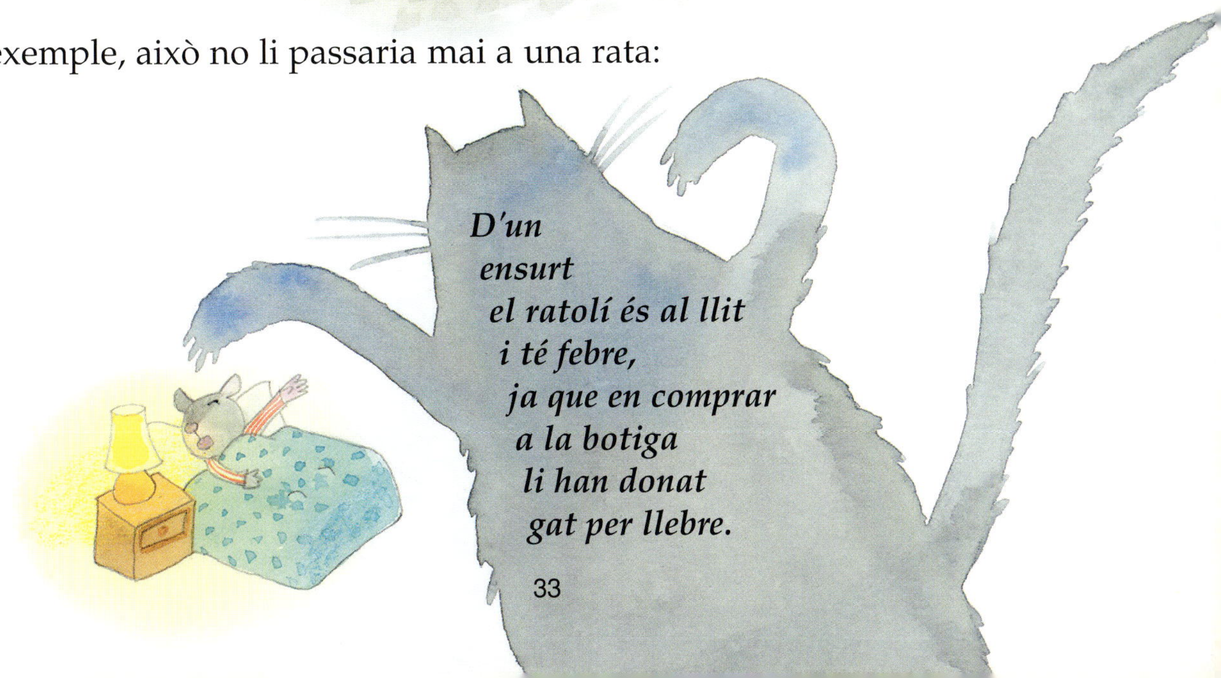

D'un
ensurt
el ratolí és al llit
i té febre,
ja que en comprar
a la botiga
li han donat
gat per llebre.

PERQUÈS SOBRE
EL COS HUMÀ

Per què no ens fa mal quan ens tallen els cabells?

Els cabells estan formats per una secreció de cèl.lules de la dermis. A les arrels hi ha unes terminacions nervioses que fan que sentim dolor quan ens els tiben. No obstant això, les parts externes dels cabells són cèl·lules mortes i, per tant, insensibles. Per això, no sentim dolor quan ens tallen els cabells.

Sempre que parlo de pèls, recordo en Pep Meló. Tenia el cap tan i tan gros que l'havien de pentinar amb un rastell i tallar-li els cabells amb una segadora.

Per què se'ns fan arrugues quan envellim?

La pell, com qualsevol altra part del cos, necessita estar hidratada. Amb el temps, el nostre organisme perd més quantitat d'aigua que no pas en reté. Aquesta deshidratació, deguda a causes diferents, fa que les cèl·lules que formen la pell es contraguin i apareguin les arrugues.

Per què ronquem?

Els roncs són aquells sons que l'avi o el pare solen fer quan dormen. Són més freqüents en persones grans que tenen algun problema respiratori. Quan l'aire passa per la laringe i troba entrebancs, deguts a diferents motius, en sortir pel nas, la boca actua com un altaveu i es produeixen aquests sons.

El tema dels roncs no acostuma a ser greu, però de vegades...

Al barri era molt famós
el senyor Pepet Riugròs.
Quan arribava la nit
es posava a roncar al llit.
Tenia la ciutat desperta
tant de dia com de nit.

Per què percebem els sabors?

Aquest perquè el dedico a en Benet que és un golafre i sempre es llepa els llavis.

Mira, Benet, precisament a la llengua tens uns nervis que avisen el cervell de tot el que hi passa. Aquests nervis surten d'uns granets que detecten si una cosa és dolça, salada, àcida o amarga. N'hi ha d'experts en dolçor i són a la punta de la llengua. D'altres, els que perceben els sabors amargants —els molt traïdors!—, són a la banda de darrere de la llengua. D'aquesta manera, moltes vegades, no notes que una cosa és amarga fins que no estàs a punt d'empassar-te-la.

Per què amb l'edat se'ns torna el cabell blanc?

La responsable de donar coloració al cabell és una substància anomenada melanina (la mateixa que produeix la pigmentació de la pell per a protegir-nos de certes radiacions perjudicials).

Amb el pas del temps, el nostre organisme pateix alteracions i la producció de melanina és cada cop més minsa. Per això el cabell va perdent color i arriba a tornar-se totalment blanc.

Poc a poc el nostre cabell
blanc se'ns va tornant,
són pinzellades de neu
que el temps ens hi va pintant.

Per què el metge ens fa ensenyar la llengua?

A mi, de petit, em feia molta vergonya fer una llengota al metge. Era perquè no sabia que determinades alteracions d'algunes parts externes del cos són símptomes que alguna cosa no funciona bé. Per exemple, els ulls, el color de la pell i la llengua.

Quan l'estómac o els budells no funcionen bé, la llengua se'ns torna esblanqueïda, bruta.

Per què algunes persones queden calbes?

Potser un calb us dirà que de tant pensar. I un altre, que no és que sigui calb, sinó que li ha crescut el front. Però no els cregueu pas, perquè els calbs solen ser bons humoristes i fan acudits respecte de la seva calvície. L'explicació és la següent:

El cabell és com l'herba dels prats. Necessita reg per a créixer i no assecar-se. Amb el temps, a les arrels dels cabells s'acumulen certes substàncies greixoses que impedeixen el reg sanguini i, per això, el pèl es debilita i cau. Existeixen també casos de calvície prematura provocada per certes malalties o per una secreció excessiva de les glàndules productores de greix i suor.

Per què ens maregem quan voltem?

A l'orella interna tenim un líquid que regula l'equilibri. De vegades aquest líquid, que és un agent secret del cervell, es despista i ens fa una broma pesada, per exemple, quan voltem, el líquid també volta. Si ens aturem, ell continua girant i girant. El molt pillet informa el cervell que continuem rodant, quan en realitat ja estem quiets. Això despista el cervell, que es fa un embolic, i nosaltres paguem els plats trencats marejant-nos.

Però jo dic:

La baldufa que jo tinc
gira sense parar
i encara que dóna mil voltes
no s'arriba a marejar.

Per què riem?

Els humans tenim la facultat de sentir emocions com la tristesa o l'alegria. Davant d'elles reaccionem de diferents maneres. En general, ens fan riure situacions exagerades i ridícules: un senyor que va en pijama pel carrer, un suspens del setciències de la classe, un hipopòtam fent dansa...

Ja sé que no està bé que rigui
quan algú està a punt d'ensopegar,
però em fa riure, no puc fer-hi més!
Si us plau, em podríeu perdonar?

Per què hi ha somnàmbuls?

Ja hem dit que hi ha una part del nostre cervell que no dorm mai: és el subconscient, responsable dels somnis. En algunes persones les imatges del subconscient són tan intenses que parlen adormides i s'aixequen del llit i caminen. N'hi ha que no són somnàmbuls, però ho fan veure, com en Pepet.

—Pepet, un altre cop a la nevera? —el renya la seva mare.

I en Pepet tanca els ulls i es fa el somnàmbul.

—Fica't al llit i no facis trapelleries que ja et conec. Tu només ets somnàmbul els dies que tenim pastís a la nevera.

Per què badallem?

El badall és un acte involuntari. Consisteix en una inspiració profunda i lenta, seguida d'una expiració generalment sorollosa. Se'ns obre la boca per moltes raons: son, avorriment, gana, cansament ...

Badallar i estirar-se alhora és un plaer. Però els grans diuen que és de mala educació. Per què les coses que agraden solen estar prohibides?

A dins de casa no es corre!
Compte amb el que estàs dient!
No t'estiris! No badallis!
No et tornis a furgar el nas!
Al teu germà has pegat?
Vosaltres creieu que els nens
podem estar molt contents?

Per què tenim el cos recobert de pell?

Suposo que t'han explicat que el cos es compon principalment d'aigua. Tens aigua a tot arreu: als músculs, als ossos, a les vísceres... gràcies a la pell no ens deshidratem. Si no la tinguéssim, l'aire i el sol ens deixarien com una pansa.

Per què se'ns posa la pell de gallina?

Quan fa fred els vasos sanguinis de la pell es contrauen per a conservar l'escalfor. Això fa que ens tornem pàl·lids. Però també succeeix que els músculs que tenim al voltant dels pèls s'endureixen i ens els posen de punta. Aleshores diem: mira, se m'ha posat la pell de gallina!

Per què ho anomenem així?

Per la semblança que adopta la nostra pell amb la d'una gallina plomada. També se'ns hi torna per un ensurt o per por.

Per què hem de dir trenta-tres quan el metge ens ausculta?

Es podria dir, per exemple, tres tigres tristos, perquè el que importa és que sonin moltes erres. Els sons que es produeixen en pronunciar-les fan vibrar els pulmons i així el metge pot esbrinar si alguna cosa no va bé allà a dins.

Un dia un jugador de bàsquet va anar a fer-se una revisió:

—Digui trenta-tres, —li va demanar el doctor.

Però com que era tan gros, el jugador va dir:

—Tres-centes trenta!

El pobre metge, per poc, no queda sord.

Per què tenim singlot?

En solem tenir quan mengem. S'origina en inflamar-se una membrana que recobreix la cavitat abdominal. Aquell soroll característic es produeix pel moviment espasmòdic del diafragma que, quan descendeix, produeix una contracció del glotis.

Espero que perdoneu les parauletes que he utilitzat per explicar-ho. Per a compensar-vos diré com se'n va el singlot. Segons opinions molt doctes, de vegades, n'hi ha prou amb un ensurt. Altres, diuen que bevent aigua d'un got per la vora contrària a què solem beure. Amb aquest últim procediment, potser el singlot no marxa, però ben segur que quedaràs xop.

Per què ens piquen les ortigues?

Les ortigues, com altres plantes i animals, tenen mecanismes de defensa. A les fulles tenen una espècie de pelets amb un líquid tòxic. Quan en toquem una, les puntes dels pèls (vesícules) es trenquen i ens injecten el líquid. Immediatament ens provoquen una picor intensa, alhora que se'ns inflama la pell.

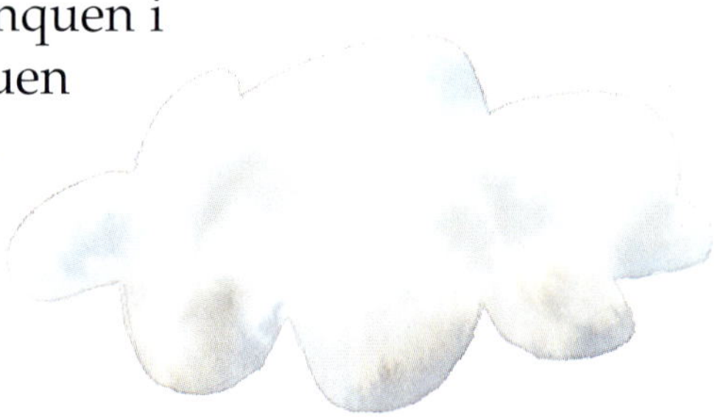

Parlant de picar, em vénen a la memòria unes dites populars: «No sé quina mosca t'ha picat». «Això és de l'any de la picor» ... I ho deixo estar perquè ja em fa picor tot.

Per què de vegades se'ns adormen les extremitats?

Algunes vegades sentim un estrany formigueig als braços i a les cames. Aleshores diem que se'ns han adormit. Això ens passa perquè durant una estona els vasos sanguinis han estat comprimits degut a una mala postura. Així es dificulta la circulació de la sang i es produeix, per aquest motiu, una estranya sensació d'endormiscament i de punxades que dura fins que es normalitza la circulació.

Encara que sovint s'adorm
tinc una cama molt llesta,
mentre dorm ella somia
que és una genial artista,
i surt a la televisió
i apareix a les revistes.

Per què ens tornem pàl·lids?

Milers de vasos sanguinis recorren la pell. Semblen carreteres. Quan fa molt de fred, o tenim un ensurt o una impressió molt forta, la circulació s'interromp. Es produeix un embús. La sang no circula i la pell pren un color groguenc. Diem aleshores que empal·lidim.

Amb la pal·lidesa podem tenir algun contratemps inesperat.

—De pressa! Portin-lo a urgències! —va ordenar un metge en veure la cara d'un senyor que passava pel carrer.

—Escolti, que a mi no em passa res! —va protestar el vianant.

—Com que no! Si vostè està més groc que una llimona!

—I és clar, senyor! És que sóc xinès!

Per què tenim gana i set?

Què passa quan un automòbil es queda sense combustible? Primer un indicador informa que se n'ha quedat sense i després, senzillament s'atura. No pot continuar realitzant el seu treball.

El cos humà també és una màquina i necessita energia per a realitzar les diferents funcions: caminar, treballar, pensar... Igual com l'automòbil, el nostre motor té els seus indicadors. El cervell avisa mitjançant unes determinades sensacions en l'aparell digestiu, i sembla que ens digui: «Atenció, necessites menjar i beure!».

Per què dormim amb els ulls tancats?

Les parpelles són les persianes dels ulls. Les persianes protegeixen les finestres de la pluja i impedeixen que hi entri la llum. Aquesta és la missió de les parpelles: protegir els ulls. Però a més d'això hi ha una altra raó. Durant el dia els músculs de les parpelles estan contrets per a mantenir els ulls oberts. En adormir-nos, es relaxen i descansen.

Al final de la jornada
ja s'acaba la funció,
i en ficar-nos al llit
sobre els ulls cau el teló.

Per què somiem?

Els somnis són com un cinema casolà on la butaca és el llit. Un cinema que, a més de ser de franc, fa pel·lícules on nosaltres som els protagonistes. És el «Cinema dels Llençols Blancs».

Però, per què somiem? Ho fem gràcies al subconscient, el vigilant nocturn del nostre cervell. Mentre dormim, ell s'encarrega de fer sortir imatges més o menys relacionades amb les coses que ens ocupen i preocupen quan estem desperts.

El bon avi Bufasomnis
em va fer somiar a la nit
que els homes tots s'estimaven
des del gran fins al més xic.

PERQUÈS
ANECDÒTICS

Per què són tan valuosos els violins Stradivarius?

Antoni Stradivarius va ser un famós constructor de violins de la ciutat italiana de Cremona. Va viure entre els segles XVII i XVIII. De les seves mans van sortir uns violins amb un so i una qualitat inigualables.

Sembla ser que el secret d'aquests violins rau en el tipus de fusta, en el vernís i en certes tècniques que encara no s'han aclarit del tot. Els Stradivarius són veritables joies i se'n paguen enormes quantitats de diners.

Les modes són com el vent:
tal com vénen se'n van.
Només les feines ben fetes
sempre més quedaran.

Per què l'or es valora tant?

L'aire i l'aigua són dos elements imprescindibles per a la vida. Malgrat la seva importància els valorem poc perquè són abundants. Ben al contrari, l'or és escàs. Trobar-ne és molt més difícil que trobar ferro, per exemple. Això fa que sigui més car. El mateix podríem dir dels diamants i d'altres pedres precioses.

Aquest matí, un veí que és una mica garrepa, m'ha dit:

—Estic arruïnat! He perdut tres hores a la consulta del metge!

—Això no és per arruïnar-se —li he dit.

—Com que no! És que no sap que el temps és or?

Per què els indis americans porten plomes?

És possible que pensem que els sastres van ser els primers a col·locar les plomes com a guarniments. No va ser així. Els indis americans sempre les van lluir en els seus pentinats. Les aconseguien a força de valor, en enfrontaments amb altres tribus o per la realització d'alguna gesta.

La manera de col.locar-se-les depenia de l'art i del bon gust de cada poble. Les plomes es tallaven segons un codi. Els talls podien significar: «he caçat el bisó més gran», «sóc vidu», «he vençut l'enemic», etc.

Per què per Nadal muntem el pessebre?

Ho fem en record del naixement de Jesús, que va venir al món a Betlem una nit de desembre.

Segons la tradició, va ser Sant Francesc d'Assís l'iniciador d'aquest costum el Nadal del 1223. Després d'un viatge a Terra Santa, va quedar tan impressionat que, com a record d'aquells paratges, va fer construir cases, figures i un estable en miniatura. És a dir, el primer pessebre o naixement.

Però haig de dir-te una cosa:
Tant si fas arbre o naixement,
el que importa per Nadal
és que estiguis ben content.

Per què celebrem la festa de Reis?

Segons la tradició, quan va néixer Jesús de Natzaret a Betlem, tres mags, seguint un estel, van arribar d'Orient per adorar-lo. Cadascun li va oferir un regal: or, encens i mirra. Molts anys després, a l'Edat Mitjana i en record d'aquell esdeveniment, es va instituir la festa dels Reis Mags, que es celebra el dia 6 de gener. Aquesta nit, és costum que els nenes i nenes rebin els regals que han demanat per cartes.

Per què la «ñ»

A l'Estat Espanyol conviuren quatre llengües: el català, el castellà, el gallec i el basc. Totes són llengües molt antigues. El basc no sabem amb certesa d'on prové; el que sí sabem és que no ve del llatí, la llengua dels antics romans, com les altres tres. Cadascuna d'elles s'ha desenvolupat en territoris diferents, amb sons diferents i lletres diferents per representar-los. És el cas del so *ny*, que en castellà s'escriu amb una lletra ben especial: la *ñ*.

Només el gallec i el castellà la tenen, la *ñ*. Hi ha qui diu que hauria de desaparèixer, perquè és una nosa a l'hora de fabricar ordinadors. Però imagineu-vos, què passaria si anéssim eliminant aquests trets especials perquè a alguns els fa nosa? Acabaríem parlant el mateix, i menjant tots igual. Seria força avorrit...

Per què hi ha guerres al món?

Perquè som egoïstes, insolidaris ...
Perquè no mirem els altres com a companys.
Des que l'home va aparèixer a la terra ha lluitat per tenir més territori, per imposar les seves idees. I ho ha fet amb violència, mirant de destruir a l'adversari. Les guerres porten dolor, odi, fam, misèria i destrucció.

Com que la guerra és absurda
i no serveix per a res,
en lloc de tirar-nos bombes,
míssils, metralles i bales
podríem tirar-nos clavells,
lliris, roses, margarides...
Així les guerres serien
perfumades i florides.

Per què bot una pilota?

La goma és un material elàstic. Si l'aixafem d'un cop, recupera la forma de seguida i aquesta força de recuperació la fa botre. Els gasos també tenen aquesta propietat; per això s'inflen amb aire balons, pneumàtics, matalassos, etc.

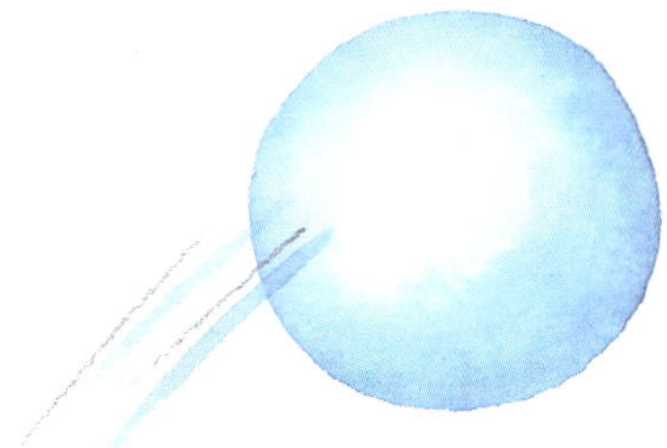

Aquella pilota aràbiga era tan delicada, que només volia que la inflessin amb aire condicionat.

Per què s'encenen les bombetes elèctriques?

Com que sabia que m'ho preguntaries he tornat a consultar el meu amic lampista. Sí, aquell que em va explicar per què les orenetes no s'enrampen quan són damunt dels cables. Ho recordes? Segons he comprovat, a l'interior, la bombeta porta un fil molt prim de wolframi. Quan hi passa el corrent, es torna incandescent i deixa anar una llum intensa. La bombeta torna a apagar-se si un interruptor talla el corrent.

Per què es necessita el carnet d'identitat?

Nosaltres sabem qui som, però els altres no. Algunes vegades hem d'identificar-nos i necessitem un document pel qual se'ns reconegui. Per això es va crear el Document Nacional d'Identitat (DNI). Hi ha de figurar, entre altres dades, el nom, els cognoms, una fotografia i les nostres empremtes dactilars.

Però no us penseu pas que tothom té clara la seva identitat.

El director d'un centre psiquiàtric acompanyava a un visitant.

—Miri, el que porta un barret de paper és el més boig de tots.

—Per què? —va voler saber el visitant.

—Diu que és en Napoleó. I en Napoleó sóc jo! —li va respondre el director.

Per què en alguns llocs no fan servir cadires?

Nosaltres vivim habitualment al mateix lloc. Per això ens agrada envoltar-nos de mil andròmines, que tot sovint resulten inútils. Les cadires en són unes. Però hi ha pobles nòmades que van d'un lloc a l'altre. Els habitants del desert, per exemple, amb freqüència han de recollir els seus estris i traslladar-se a altres llocs. Per això s'emporten el que és imprescindible. Les cadires ocupen molt espai i han decidit no utilitzar-les.

Els japonesos, que no són un poble nòmada i que estan avançats en totes les tècniques, tampoc no s'asseuen en cadires. A part de per tradició, per alguna cosa deu ser! I és que seure en una estoreta o sobre un coixí és una delícia. Llàstima que els grans no ho entenguin així!

Per què els grans sovint són tan pesats?

Perquè són grans. Ja sabeu que són una mica setciències. Els avis perquè han viscut molt i ens volen explicar les seves experiències i batalletes. Els pares, els oncles i la veïna del costat, perquè diuen que volen el millor per a nosaltres. I només fan que aconsellar-nos!

Si m'ho permeteu, us donaré un consell.

Ja sé que és un sacrifici
escoltar cada sopar,
que et rentis ben bé les mans,
que et netegis les orelles
i que milloris les notes
que les darreres fan pena.
Però, què vols fer-hi?
Et queda una solució,
esperar que passi el temps
amb molta resignació.

Per què es diuen així els Jocs Olímpics?

La idea de realitzar els primers Jocs atlètics va ser del rei d'Elide, Ifit, que l'any 776 abans de Crist va decidir organitzar-los a la ciutat sagrada d'Olímpia. Per això es diuen Jocs Olímpics.

Els Jocs Olímpics antics van deixar de celebrar-se l'any 393. Va ser el francès Pierre de Coubertin, qui els va recuperar l'any 1896.

Els primers Jocs Olímpics de l'era moderna es van fer a Atenes. Des d'aleshores, cada quatre anys es celebren en una ciutat diferent.

És igual que siguis nyicris,
i que tinguis poca talla,
amb voluntat i entrenament
guanyaràs una medalla.

Per què els neozelandesos són els nostres antípodes?

Abans de res has de saber que «antípodes» significa «peus oposats». Si nosaltres féssim un túnel que passés pel centre de la terra, podríem aparèixer a Nova Zelanda. Figuradament, els peus dels neozelandesos i els nostres estan en posició oposada. Per això som antípodes.

Quan imagino el planeta,
no deixo de preguntar:
«Podran els nostres antípodes
de cap per avall caminar?».

Per què els avis expliquen batalletes?

«Recordo que una vegada, quan feia la mili...», acostumen a començar els avis. Quan tenen un nét al seu abast, li deixen anar la seva història, s'escaigui en aquell moment o no. «Avi, això ja m'ho vas explicar», repliquen alguns néts. Però ells hi tornen. Ho fan perquè estan en un cicle de la vida en què els records són molt importants i necessiten explicar-nos les seves experiències.

Heu de ser comprensius i escoltar amb educació les seves històries. Penseu que d'aquí uns quants anys, vosaltres també sereu avis. «Una cosa va per l'altra».

Per què fem servir la «h»?

La hac és una lletra que amb el temps ha perdut la veu. És muda. Així, per què serveix?

Els senyors acadèmics de la llengua diuen —i amb raó— que si no la féssim servir no sabríem l'origen de moltes paraules. Ben al contrari, els estudiants pensen que serveix per a fastiguejar-los i que si no existís, s'evitarien coses com aquesta:

—Marina, com s'escriu estiu?
—Amb hac! —respon la nena.
—Ah, sí? I on és la hac d'estiu?
—A l'hamaca!

Per què l'abecedari també es diu alfabet?

Fins i tot un pàrvul sap que l'abecedari és el conjunt de lletres que fem servir per a representar els sons amb què articulem paraules. El teu germà petit no ho sabia? Doncs millor! Així pots ensenyar-li-ho i de passada presumir. Però segur que el teu germà sabia que es diu així per les quatre primeres lletres amb què comença: a, be, ce, de (A, B, C, D).

També se'l coneix com a alfabet, perquè l'abecedari grec comença per les lletres alfa i beta, i com que els grecs van ser molt importants, s'admirava la seva cultura i se'ls imitava.

Per què la moneda espanyola es deia pesseta?

Pesseta en català significa pes petit. El pes era el nom que rebien certes monedes. A començaments del segle XVIII, a Hispanoamèrica i Catalunya, es va començar a dir pesseta a una moneda, el valor de la qual era d'un a dos rals de plata. Les primeres monedes de pesseta es van encunyar a Catalunya l'any 1808. Després d'uns quants anys, el 1868, la pesseta va ser declarada moneda espanyola. Posteriorment, amb l'adhesió d'Espanya a Europa i el sistema de moneda única, la pesseta va donar pas a l'euro.

Però la pesseta no era valorada per tothom igual:

—Avi, estic estalviant per a comprar-me una bicicleta —va dir en Lluís.

—Molt bé! —el va encoratjar l'avi. I li donà una pesseta.

Davant la sorpresa d'en Lluís, l'avi va dir:

«Ja sé que et sembla poca cosa, que una pesseta no és res, però... de mica en mica s'omple la pica!»

Per què no cauen els gratacels?

Sabies que tots els gratacels es mouen contínuament? Però no pateixis, aquests tipus d'edificis estan construïts amb tècniques especials. La seva forma, els fonaments i l'elasticitat dels materials fan que puguin suportar, amb força èxit, els moviments sísmics.

Un senyor va caure del trentadosè pis d'un gratacels. Quan va arribar a terra, moltes persones van córrer a ajudar-lo.

—Què ha passat? —va preguntar un guàrdia en veure tanta gent.

—No ho sé —va dir el bon home tot espolsant-se— jo acabo d'arribar.

Per què els indis americans es van anomenar pells roges?

Això de «pell roja» va ser una equivocació d'un «rostre pàl·lid». Perquè la veritat és que els indis americans tenen la pell del color del coure. La confusió ve perquè els indis d'una determinada tribu es pintaven la pell amb un líquid vermell que obtenien d'una planta anomenada «rucu».

I parlant d'indis, deixeu-me que us expliqui un secretet:

Jo, de petit somiava
ser un americà
que corria per la prada
muntat damunt d'un cavall.
A mil indis m'enfrontava
i a cent pistolers dolents.
Altres cops, jo era l'indi
i amb el cos molt ben pintat
assaltava caravanes
i lluitava amb els soldats.
Avui aquell indi «pell roja»
i el «pàl.lid» americà
una pipa de la pau
en el meu somni han fumat.

Per què els pells roges fumaven la pipa de la pau?

A moltes pel.lícules d'indis i americans hem vist que per a signar la pau es fumava una pipa. No era per vici. Els indis seguien la tradició marcada per una llegenda.

«Manitú, el Gran Esperit, un dia es va asseure a descansar. Com que tenia gana, es va menjar un bisó, i el lloc on era assegut es va tenyir amb la sang de l'animal. Després de menjar, el Gran Esperit, d'una pedra va fer un «calumet» (pipa sagrada), el va aixecar, el va ensenyar als quatre punts cardinals i va fer saber que aquella pedra era com la carn dels pells roges, i que tots haurien de fer pipes d'aquella pedra i fumar-hi, així el fum s'escamparia per tota la terra en un missatge de pau».

Per què es diu que tots els camins porten a Roma?

Això va ser en temps dels romans. Quan Roma va estendre el seu imperi per diferents països, va construir molts camins. A través d'ells transportaven el blat, els minerals i tot el que es podien emportar. D'una manera o altra, tots aquells camins arribaven a Roma. Avui ho diem per constatar que amb diferents mitjans podem arribar al mateix fi. L'important és aconseguir-ho.

Per què els pirates portaven arracades?

Que un pirata valent
portés alguna dent d'or
no m'ha tret pas mai la son.
El que trobo sorprenent
és que portés arracades
i a més a més tan daurades.

Una explicació pot ser la que he llegit en un llibre. Sembla ser que els pirates patien per si els seus cossos no eren enterrats. D'aquí ve que portessin arracades d'or. Així les persones que trobessin les seves restes, amb el valor de les joies, podien pagar el seu funeral i enterrament.

Per què del sou d'una persona també se'n diu salari?

Conservar els aliments ha estat sempre una necessitat vital per als humans. Quan no es disposava dels mitjans que tenim avui, la sal era un element de primer ordre per a la conservació de la carn i el peix. Tenia tant valor que el sou de treballadors i soldats es pagava en sal. D'aquí ve la paraula salari.

Ja ho diu el refrany:

«Sal amb tomàquets, pernil de pobres».

Per què la torre de Pisa està inclinada?

N'hi ha que creuen que sempre ha estat així, però s'equivoquen.

Quan la van construir, l'any 1174, estava dreta. Els terrenys on van situar els fonaments, que són la base d'una construcció, no eren els apropiats i va començar a cedir. És veritat que ho fa a poc a poc, però cada cop està més inclinada i si no s'hi posen els mitjans, arribarà a caure.

A la ciutat de Pisa
hi ha una torre molt famosa,
i en veure-la tan tombada
em vénen ganes de riure
i la gent queda parada.

Per què el sabó fa bombolles?

El sabó dissolt en aigua forma una pel.lícula relativament resistent. Aquesta pel·lícula, quan s'omple d'aire, es converteix en l'espècie de globus que anomenen «bombolla». Amb certs procediments es poden obtenir bombolles gegantines.

La rebequeria d'un nen
és de curta duració,
s'infla i es desinfla
com bombolles de sabó.

Per què s'encenen els mistos?

El cap del misto té sofre, fòsfor i altres substàncies. El fòsfor s'inflama amb molta facilitat, tanta que, només rascant el cap del misto ja crema.

Una vegada, un misto va anar al metge:
—A veure, què li passa? —va preguntar el doctor.
—No ho sé doctor —va respondre el misto— em sembla que tinc febre perquè el cap em crema.

Per què al món es parlen diferents llengües?

La distribució de l'home per diferents parts del món va fer que cada grup pensés una manera de comunicar-se. Per això hi ha diferents llengües i diferents formes d'escriptura.

Una manera més poètica de dir-ho és la que explica la Bíblia. Diu que després del Diluvi, els homes de Babel van voler construir una torre molt alta perquè no hi arribés l'aigua si tornava a caure un altre diluvi. Jehovà va castigar l'orgull dels humans i va confondre les seves llengües. Així, segons aquesta llegenda, sorgiren els diferents idiomes en el món.

Jo demano als lingüistes
que inventin una nova llengua
perquè així sense problemes
la gent sempre es pugui entendre.

Per què el número tretze té mala fama?

El número tretze té mala fama. Tanta, que algunes persones es neguen a dir-lo i per a referir-s'hi diuen dotze més un.

Aquesta fama li ve, segons la tradició, perquè en l'Últim Sopar, en Judas va arribar el darrer. Com que allà es trobaven Jesús i els seus onze deixebles, en Judes va fer el número tretze. Aquest deixeble va ser qui va vendre el seu mestre per trenta monedes de plata.

Jo no crec en supersticions, però després de parlar tant d'aquest número, tocaré fusta per si de cas.

Per què hi ha diferents races al món?

En realitat allò que dóna caracter als éssers vius és l'espècie a la qual pertanyen. Les races són varietats d'una mateixa espècie, que s'han format per l'adaptació a les diverses regions i climes del planeta, per raons genètiques, etc.

Al món hi ha moltes races,
negres, blancs o bé esquimals...
Tots som ben diferents.
Diferents, però ben iguals.

Per què els esquimals es freguen el nas per a saludar-se?

Les manifestacions d'afecte no són les mateixes a tot arreu. Entre nosaltres, per a saludar-nos, ens estrenyem les mans o ens fem petons. Els esquimals es freguen el nas els uns als altres.

A les zones on viuen els esquimals, les temperatures són molt baixes i el nas els deu quedar com un gelat. Fregant, fregant, potser aconsegueixen escalfar-lo.

Us imagineu què hauria passat si en Pinotxo hagués estat esquimal?

PERQUÈS SOBRE
EL TEMPS I L'ESPAI

Per què es produeix el vent?

És la mateixa pregunta que es fan els penells, els anemòmetres, les aspes dels molins i les banderes. I no m'estranya gens, perquè estar voltant no deu ser gaire divertit.

Sempre que dic que fa aire, un amic meu molt primmirat diu que no és aire sinó vent. I té raó. El vent es produeix quan s'escalfen les capes baixes de l'aire. En augmentar el seu volum, la seva densitat és menor i puja. Les capes de dalt, més fredes i, per tant, més pesades, baixen. D'aquesta manera s'estableix un moviment de l'aire, el qual anomenen vent.

Per què hi ha eclipsis?

Quan la terra s'interposa entre el sol i la lluna, aquesta queda a l'ombra i desapareix de la nostra vista total o parcialment. És el que anomenem eclipsi de lluna.

Mirats des del cel el volum del sol i de la lluna semblen iguals. Si la lluna s'interposa entre el sol i la terra, produeix una ombra sobre una àrea de la terra. Aquesta ombra té dues parts: l'ombra pròpiament dita i la penombra. A la zona d'ombra diem que l'eclipsi és total, mentre que a la zona de penombra, el sol no queda totalment amagat, per això en diem eclipsi parcial.

Per cert, us diré un secret:

Diuen que el sol i la lluna
estan molt enamorats,
llàstima que la nit i el dia
els mantinguin separats.

Per què no es veu el sol a la nit?

La terra gira sobre el seu eix i des del lloc on ens trobem, de vegades veiem el sol i altres no. El període de temps en el qual no es veu el sol, l'anomenem nit. I és que el sol estarà il·luminant la part de la terra oposada a nosaltres i per això no veiem la seva llum, el cel es torna negre i es poden veure les estrelles.

Bon dia, diu el sol
quan surt de bon matí,
bona nit, ens diu després
a l'hora d'anar a dormir.

Per què no és la mateixa hora a tots els llocs del món?

El temps que triga la terra a girar al voltant del seu eix, s'ha dividit en vint-i-quatre hores. Quan els raigs solars cauen perpendicularment sobre una zona, és el migdia, les dotze del matí. A mesura que la terra va girant, el migdia cau en un lloc diferent. Per tant, els punts que estan situats a l'est tenen hores avançades, i els punts que estan situats a l'oest tenen hores endarrerides. Així, quan a Roma són les dotze, a Madrid són les onze, mentre que a Moscou seran les tretze (la una de la tarda).

Quina cosa més curiosa
és, senyors, la rotació,
quan a Madrid es dina
un nou dia és al Japó.

Per què la brúixola assenyala el Nord?

Sembla ser que l'invent de la brúixola és xinès. Almenys en Marco Polo la va portar de la Xina cap a l'any 1320.

Aleshores ja s'utilitzava en la navegació, però no sabien quin era el misteri d'aquella agulla imantada que sempre assenyalava el Nord. Va ser el segle XVI quan l'anglès William Gilbert va comprovar que la terra actuava com un poderós imant. Aquesta era la raó per la qual l'agulla imantada de les brúixoles era atreta i marcava sempre la mateixa direcció.

I la terra es queixa.
«Giro i giro nit i dia,
i volto sense parar,
i a l'agulla de la brúixola
el nord faig assenyalar.
O em paguen hores extres
o deixo de treballar».

Per què surt l'arc de Sant Martí?

Si enmig de la pluja es fa un clar i surt el sol, es forma un preciós arc de colors. Estic segur que ho deus haver vist més d'una vegada al camp o des de la finestra de casa. Doncs bé, aquest fenomen es produeix quan els raigs de sol travessen les gotetes de pluja, aquestes actuen com un prisma cristal·lí i la llum es descompon en set colors: VERMELL, TARONJA, GROC, VERD, BLAU, BLAUET I VIOLETA.

Com per art de màgia,
quan plou i fa sol,
apareix al paisatge
un arc de mil colors.

Per què les flors fan olor?

Les flors no són com molts imaginem, éssers generosos que van desprenent perfum per alegrar-nos la vida. Ho fan per pur egoïsme. El perfum de les flors, igual com els seus colors, és una trampa, un parany. Amb tot això, la flor atrau els insectes. I com que aquests són uns portaplatets que van de flor en flor, porten a les potes el pol.len que es necessita perquè les plantes es reprodueixin.

Per què la lluna canvia de forma?

La lluna és l'espia de la terra. Cada nit ens mira amb una cara diferent. Unes vegades la veuràs rodona, d'altres plena, després anirà minvant fins que desapareix. Després d'una setmana de vacances, torna petita, com una tallada de síndria, i a poc a poc, torna a créixer fins que s'omple novament.

En realitat la lluna no canvia de forma. El que passa és que en girar al voltant de la terra, la lluna va rebent la llum del sol de diferents maneres.

Per què de vegades no hi ha lluna?

Puc donar-te diverses raons. Una és que hi ha una eclipsi perquè la terra es troba entre el sol i la lluna. Una altra, que simplement està ennuvolat i els núvols no la deixen veure. I la més freqüent és que hi ha lluna nova, o sigui, que la lluna ens presenta la cara no il·luminada pel sol. Com pots veure no és necessari alarmar-se. Ningú no se l'ha emportat, ni ella se n'ha anat, farta de donar voltes i voltes a la terra.

Per què el sol ens fa posar morens?

El nostre organisme elabora una substància anomenada melanina. És com la guardaespatlles de la pell. De les radiacions que el sol ens envia, n'hi ha algunes de perilloses. La melanina fa que la pell s'enfosqueixi, és a dir, que es torni morena i així evita que ens cremem.

Prendre el sol és bo, però no se n'ha d'abusar...

—Mare, mare! Mira quin cranc més gros! —va dir una nena que assenyalava una massa vermellenca a la sorra de la platja.

—Això no és un cranc, nena. És un turista que està prenent el sol. —va respondre la mare.

Per què tenim ombra?

L'ombra es produeix quan un cos opac s'interposa entre un focus de llum i un altre cos també opac. Així es crea una zona d'il.luminació que té una forma semblant al cos que la produeix.

N'hi ha que tenen mala ombra. La meva és bona.

M'han dit tots els meus amics
que jo tinc una bona ombra,
perquè si amb mi han passejat
i algú l'ha trepitjat,
és tan callada i prudent
que ni tan sols no s'ha queixat.

Per què la neu és blanca?

Ja suposem que, a hores d'ara, ja saps que la neu és aigua solidificada. Els flocs estan formats per petits cristalls que en reflectir-s'hi els raigs de llum, agrupen tots els colors en un de sol, i formen el blanc enlluernador de la neu.

I aprofitant que parlem de colors, endevina, endevineta...

La neu és blanca,
blau és el cel,
verda és l'herba
i el llimoner.
Jo vull saber
de quin color és
la cinta negra
del meu barret.

Per què plou?

L'aigua de mars, llacs i rius s'evapora i, condensada en petites gotes, forma els núvols. Quan els núvols travessen zones d'aire fred, les gotetes es fan grosses i pesades i cauen a la terra en forma de pluja.

A mi m'agradaria que, en comptes d'aigua, caiguessin caramels, torrons, poms de flors... Seria divertit sortir al carrer amb un casc en lloc de l'empipador paraigua que sempre fa nosa. I la teva mare et diria: «Mira quines flors plouen avui i porta'n un ram a l'àvia».

Per què les estrelles no es veuen quan és de dia?

Deuen haver anat a descansar després d'una llarga nit en vetlla? Deuen haver anat a veure els seus parents d'altres galàxies llunyanes? No. Les estrelles, encara que no les vegem, són al mateix lloc. El que succeeix és que la llum del sol penetra en l'atmosfera, i se'n dispersa una part a causa dels aerosols i el vapor d'aigua, que produeix el color blau del cel. L'arribada de la llum solar impedeix que la dèbil llum de les estrelles pugui ser percebuda per nosaltres.

Fa molts i molts anys
va dir el savi Pericó:
«El peix més gros de tots
es menja el més xicarró».

Per què les estrelles són tan petites?

I qui t'ha dit que les estrelles siguin petites? Al contrari. Són astres d'enormes dimensions. El sol també n'és una, i no de les més grosses. Aleshores, per què les veiem tan petites? Doncs perquè es troben a molta distància. Per a fer-te'n una idea et diré que l'estrella més pròxima a nosaltres, sense comptar el sol, és Proxima Centauri. Malgrat que la velocitat de la llum és de 300.000 quilòmetres per segon, un raig de llum d'aquesta estrella, per arribar fins a nosaltres, triga tres anys i vuit mesos.

Soluciona el problema i veuràs quina és la distància, però fes-ho amb la calculadora o trigaràs molta estona.

Per què existeix l'eco?

En el passat molts van pensar que a les muntanyes hi havia uns follets burletes que repetien tot el que deia la gent. La veritat és menys poètica. Quan produïm un so, es transmet mitjançant ones. Si en el seu camí, les ones troben un obstacle, per exemple una muntanya, reboten i s'escampen en sentit contrari, fins que arriben a les nostres orelles. Això és l'eco.

Per què els globus suren a l'aire?

Existeixen gasos com l'hidrogen o l'heli que són més lleugers que l'aire. Si inflem un globus amb aquests gasos, pujarà i fins i tot, si el volum és suficientment gran, arrossegarà i enlairarà objectes pesants.

Els aeròstats són globus enormes dels quals penja una cistella. Avui s'utilitzen per a les competicions esportives o amb fins científics.

Un globus famós va ser el de «Cinc setmanes en globus», novel.la del genial Juli Verne. Enfila-t'hi i veuràs quantes aventures!

Per què l'any es divideix en dotze mesos?

Els babilonis, a més de fer jardins penjants, van ser bons astrònoms. Van observar que el període de temps que transcorre entre dues llunes plenes era de vint-i-vuit dies, aproximadament un mes, i que al cap d'un any, aquest fenomen es repetia dues vegades.

L'actual calendari és l'anomenat gregorià, que continua conservant la divisió de l'any en dotze mesos, encara que amb diferent nombre de dies.

Per què hi ha anys de traspàs?

Cada quatre anys el mes de febrer té vint-i-nou dies. Diem que és un any de traspàs. La raó és que es va comprovar que un any dura exactament 365 dies i 6 hores, que és el temps que triga la terra a donar una volta sencera al sol. Què s'havia de fer amb aquestes sis hores que sobraven? Com que hauria estat una llàstima malbaratar-les, els saberuts homes de ciència van decidir que cada quatre anys s'afegiria un dia a un dels mesos.

Aquest dia l'haurien pogut donar a qualsevol mes, però, segons informes confidencials, el febrer el va reclamar al «Tribunal Temporal». «Escolti, que jo sóc el més curt de tots», —va dir. I com ja sabeu, als més petits se'ls consenteix tot...

Per què els astronautes suren a l'espai exterior?

Les coses pesen perquè són atretes per la terra. Aquesta atracció deixa de manifestar-se a una determinada alçada. Els cossos es tornen ingràvids, deixen de pesar i suren. Això mateix els passa als astronautes, a dins i a fora de les naus espacials. Per aquest motiu quan volen descansar han d'estar subjectats igual com els objectes de l'interior de la nau.

La balena somia
ser una astronauta
perquè a l'espai
les coses no pesen,
i allà ella seria
fràgil i lleugera i fina.

Per què la terra s'anomena el planeta blau?

Per saber exactament de quin color era el nostre planeta, vam haver d'esperar fins el mes d'agost del 1966. Els astronautes del Gèminis 11 van contemplar la Terra i van quedar meravellats. Hi havia molts colors en aquella esfera: el verd maragda de la selva tropical, l'ocre dels deserts amb matisos que anaven des del taronja intens fins el rosa encès... Però, sobre tots els colors, predominava el blau dels oceans. Per això va ser molt encertat el nom de «Planeta Blau». I així és com se'l coneix des d'aleshores.

Per què veiem les imatges reflectides als miralls?

Quan els raigs lluminosos arriben a una superfície polida, s'hi reflecteixen. Els miralls són vidres que tenen una de les seves superfícies cobertes per una capa metal.litzada, mercuri o estany, que retornen els raigs lluminosos que hi incideixen. Aquests raigs reflectits arriben als ulls i el nostre cervell els recompon, tot reproduint una imatge simètrica a la que els ha provocat.

Hi ha miralls de moltes menes. N'hi ha de barraca de fira que deformen les imatges, d'intel.ligents com el de la madrastra de la Blancaneu i de porucs, com aquell d'un home que era tan lleig que quan s'hi mirava, les imatges fugien corrents.

Per què s'acaba aquest llibre?

Aquesta pregunta me l'han fet milers i milers de lectors amb llàgrimes als ulls. En senyal d'agraïment, els contestaré amb uns quants versets.

El que és bo s'acaba aviat,
això diu el refrany.
S'acaben les vacances,
també s'acaba el Nadal,
s'acaben els Reis Mags,
i s'acaba carnaval.
S'acaben els caramels,
els torrons i el massapà...
També s'acaba aquest llibre.
Cada cosa té un final.

ÍNDEX

Perquès sobre animals

Perquès sobre el cos humà

Perquès anecdòtics

Perquès sobre el temps i l'espai

80025 75540